U0609798

中国行吟诗人文库 第一辑

苍穹下的身体

汪 抒 著

天津出版传媒集团
百花文艺出版社

图书在版编目（CIP）数据

苍穹下的身体 / 汪抒著 . -- 天津 : 百花文艺出版社 , 2023.5
（中国行吟诗人文库）
ISBN 978-7-5306-8535-8

Ⅰ . ①苍… Ⅱ . ①汪… Ⅲ . ①诗集－中国－当代 Ⅳ . ① I227

中国国家版本馆 CIP 数据核字 (2023) 第 094706 号

苍穹下的身体
CANGQIONG XIA DE SHENTI
汪　抒　著

出 版 人 :薛印胜
责任编辑 :赵　芳
装帧设计 :鸿儒文轩·末末美书
出版发行 :百花文艺出版社
地址 :天津市和平区西康路 35 号　　邮编 :300051
电话传真 :+86-22-23332651（发行部）
　　　　　+86-22-23332656（总编室）
　　　　　+86-22-23332478（邮购部）
网址 :http://www.baihuawenyi.com
印刷 :三河市华东印刷有限公司
开本 :787 毫米×1092 毫米　1/32
字数 :120 千字
印张 :7.5
版次 :2023 年 5 月第 1 版
印次 :2023 年 5 月第 1 次印刷
定价 :52.00 元

如有印装质量问题，请与三河市华东印刷有限公司联系调换
地址 : 三河市燕郊冶金路口南马起乏村西
电话 : 19931677990　邮编 : 065201

总序

行而吟，风光无限在远方

李立

　　书山有路勤为径。路有千万条，各有各的宽窄长短，各有各的平坦坎坷，各有各的气韵风范，各有各的荆棘繁花，各有各的痴情拥趸，各有各的天作归宿。

　　随着季节的更迭交替，路的心境也随之变幻，冬去春来，兴衰枯荣，岁月苍茫，梦呓不绝。

　　丰富多彩的因缘，成就了路的高深渊博。

　　诗歌的因子因此而腾空漫舞。

　　行，不一定是诗，却可分娩诗。能吟的诗，不仅是行吟诗。

　　风无处不在，只有流动了，才叫风。

　　大千世界，烟火人间，历久弥新的日月星辰，目之所及，诗意比比皆是，只有诗人将之挖掘、提炼、熔化、锻打、淬火、吟诵出来，才叫诗。

呐喊、呻吟、抽泣、嬉笑、追逐、情爱、春种秋收的生产活动，大自然的鬼斧神工、虫鸟舞蹈、电闪雷鸣，只要被诗人的灵感捕捉到，并赋予其灵动、灵气、灵性、灵魂，行吟诗歌便脱茧成蝶。

给心灵插上绚烂翅膀，使其欣然遥赴远方信约，在脚步无法到达的尽头蹁跹，万千姿态妖娆妩媚，抑或音色铿锵激昂，低吟浅唱间灿如星星闪烁的文字，光芒四射，照亮和温暖寂寥的长亭雨巷。

行是情怀，吟是才华。行吟是匠心独运、热忱赤诚，于天地万物之间采摘精华，雕琢成字字珠玑、睿智夺目的诗行。

只有站在高处的雪，如珠穆朗玛峰上的白色精灵，才能始终保持冰清玉洁、晶莹剔透。高处不胜寒，孤独和寂寞是雪的良师益友。

把雕琢文字视作生命的不懈追求，并为之挑灯夜战、奋斗不息、孜孜以求，方可书写出惊天地泣鬼神的旷世之作，这才是真诗人该有的崇高追求和态度。焚香沐浴，诚挚以待，善良和痛苦是诗人的笔与墨。

"语不惊人死不休"，这是诗人杜甫的态度，成就了草堂主人的苦难和幸运，亦是他传世不朽的千古谜底。血肉成灰，诗魂长存。

只有能抵达良知本真的人，才能抵达诗歌的远方。

水，无所不能。在汪洋大海可以汹涌澎湃，在大江大河可以欢歌，在水库湖泊可以妩媚多姿，即便是在高山峡谷处一个小小的坑洼里，内心也照样可以装下整个浩瀚的碧空。

行吟诗，确实神通广大。可以上天入地，可以博古通今，可以高亢激昂，可以喁喁私语，可以厉声痛斥，可以甜言蜜语，可以指点江山，可以吟诵烹饪，可以抽薹开花，可以枯萎凋零，可以披星戴月，可以苍茫辽阔，可以……

于不同的时间和地点，构筑起不一样的绚丽华章。

江山草木，流云走沙，天地腹语只要和诗人的灵魂结合在一起，行吟诗就有了生命。

戴着镣铐的脚步，套上枷锁的思想，所行所吟只会局限于方寸之间，犹如井底之蛙，无缘领略海阔天空的高远，了无风起云涌的境界，绝无行云流水的格局。欠缺鹰的高度、眸光、翅膀和雄心，满眼就只有麻雀的世界。

行而吟之，诗如其人，给岁月雕琢一副性格鲜明的背影。如本诗丛诗人刘起伦的沉博绝丽，田禾的匠心独具，蒋雪峰的独有千秋，罗鹿鸣的自成一家，汪抒的翻空出奇，向吉英的清新明丽，张国安的含蓄隽永，肖志远的婉约细腻，无不跃然纸上，过目难忘。

大自然是行吟诗歌的温床。行而吟，风光无限在远方。

2022 年 8 月 8 日于深圳

目 录 *contents*

卷一 藏地

卷二　北纬五十度

卷三　西北

藏地

明亮的虚无

越来越急的雨点，穿透乌黑的云层
我第一次惊异地看到
这些稀疏的雨点，带有雅鲁藏布江
和喜马拉雅山的气息
落在北京中路和车窗玻璃上

接着，整条湿漉漉的娘热南路慢慢显露出来
路旁每一棵迥异的湿漉漉的树木
再接着，银器和牛头后面小商贩
豁达的面孔

然后是布达拉宫下那个佝偻的身躯，她黧黑的
皱纹纵横的脸上
嵌满慈爱、平静和坚定
她手上磨损的转经筒已被淋湿

烟消云散，苍穹被新鲜的青色之漆

重新涂刷，死亡后的雨水转化为

天上最刺眼的光芒，它将我的前半生化为

一片明亮的虚无

拉萨河

宽阔的拉萨河边几乎没有什么人
水流汹涌，但毫不声张

远方雪山融成的河水
没有一根水草，我羡慕那潜流中的鱼
它该有一双怎样的
不畏寒冷的眼珠

苍黑、光辉的山体上，迸溅出的蔚蓝与浅墨的
云团，和着刺目的霞光

似乎有个人在说："拉萨河无论哪个方向的
风景，都漂亮，世上还有这样酣畅的
笔墨吗？"
而另一个人说："我常常驾车
去拉萨河边，坐上一个下午。"

从拉萨到日喀则途中，经过羊卓雍错

透出云层的阳光像苍天伸出的手
直指羊卓雍错。

世上几乎再没有这样寸草不生的
粗犷的大山
石头就是它们的肌肉和骨骼。

草坡上点点闪烁的牦牛
正以极慢的速度坦然地移动着苦寒的一生。

矗立

眺望到不远处的几座雪山
那么稀有，让我心里一凉

我脚下的这座山上当然没有雪
那时刚刚起雾
山顶上，在我们的眼睛就要跌下雾消的
谷底时
突然身前又远远地闯入那黑色的山脉
——喜马拉雅

雾越来越浓，附近有几头牦牛也
湿漉漉的

雪山从不孤立自己，但也从不结队
高冷而又普通
矗立于我们的认识之内和之外交界之处

时间从不能将它们卷走

因为过于庞大，世界上真的没有
几件孤单单的物体

卡若拉冰川及其他

从浪卡子县城出发不久——仿佛另一个星球
粗犷和荒凉全部砸落在那儿。
我不称它们为连绵的山脉
而视它们为险峻的铁块和石头。
碧青的闪耀的天空被它们向上汹涌的拥挤
一再屏退。

卡若拉冰川下的公路上，过路客不少。
他们（包括我）将它打扰。
它只应和神迹相伴，
哦，我们身上的灰尘太多。

继续向前吧，雪水的喧哗中
三个藏族人在揉搓厚重的衣服。
那些灰黑的碎石，每一粒都很稳固
不在激流中滚动。

逶迤的雪水一直曲折向下，接着有两个孩子
在溪畔孤寂地扔石子。
他们的脸蛋不是没有洗干净，而是寒风和紫外线的
杰作。

越来越低，路边不断有停下的车子，游客
从车门中钻出。
牧人的帐篷少而突兀。
公路和山脉之间的草地更加宽阔，
粗糙、蓬勃的草地，以有限丈量自身的无限
多少迷茫暗含。

阳光神奇，它不停留在任何人平淡的视觉中。
只在我们的心头强劲地伫立，绝不穿透
不该穿透的一切。

马群

不断看到马了，松松散散，分布在
不止一处
它们站在草和砾石之上
略呈灰色

而在藏地其他的地方，看到的
都是牦牛

它们那么安静，完全漠视公路上
走过的
大巴，或越野吉普

我有寒冷的手指，它似乎摸过
午阳下
阴影中的冰舌

却无法摸一摸那些马

若无其事的眼神

扎什伦布寺

我说的是日喀则的阳光

是下午四点钟，汹涌的，扎什伦布寺上空的阳光。

僧人们微微倾斜的浓重的影子。

我的影子，与他们在地上的影子重叠，但并没有混淆。

那嵌着藏式窗的白色墙壁

由于阳光的横切

在地上投下局部的三角形的影子。

而寺庙红色的墙壁，从某个角度

阳光几乎直下，

投下短促的平行四边形的影子。

依山而建的扎什伦布寺，阳光和阴影

斑斓地交错。

仅仅一个小时，我就平息了高海拔带来的不适反应。

微微的胸闷和曾经略微艰难的呼吸

已如天空中旷阔的云块。

日喀则几乎把阳光都倾倒给了扎什伦布寺，

因而阳光到处耀眼地淤积，

我不断地校正自己滚烫的脚步。

生命轮回的天台

快了，离雅鲁藏布江边
不远了。

西藏盛夏阴雨的早晨，完全像
内地寒冷、泥泞的早春。

乌云几乎舔尽天空。
道路有坑洼，
几间平房在路边坚守孤独。

荒野而不是草原，它们似乎
正不断从地底涌出。

前边有车停了。
于是后边的车子，断断续续
不得不停。

有一座山与其他的山不好分辨。

看不清山顶上

水气折射中的人影。

但有隐隐约约的乐声传来。

生命轮回的天台，我记住了那个时刻正好是

早晨的八点钟。

我们一直走在它奔腾的身旁

确实可以把江边一小块一小块青稞
比喻成碧玉
或者锦缎。

日色下的雅鲁藏布江流动着，不断变换面貌
每一个浪头都不会第二次出现。

先前公路仅仅贴着雅鲁藏布江，
汽车走在西侧，有时也会过桥
走在东侧。

视野渐渐变宽，笔直的公路便会与弯曲的江水
保持一定距离。
即使看不见雅鲁藏布江
我也知道，我们一直走在它奔腾的身旁。

青藏公路上

我沉睡已久的眼睛睁开

——这不是我的一双肉眼

我的肉眼看到的是

青藏公路边的青稞，在湿漉漉的露水里

低垂着紧密的细小的头颅

看到山脉背后的几座山峰被染红

（那个时候我一双肉眼之外的眼睛

开始睁开）

看到近处的山体庞大的身躯在天幕下展开

那青灰色巨大的波澜，和皱褶

阳光先染红向东的一面，而另一面还沉浸在

黑暗里

那样明与暗强烈的交替，在变化

（那个时候我的又一双肉眼之外的眼睛

开始睁开）

早晨的青藏公路浸入沁凉之中

草地上钉着点点牦牛，和一闪而过的藏式民居

阳光完全照耀人间，念青唐古拉积雪的山峰

让我肉眼之外的眼睛开始睁开

——我没能将青藏公路全程走完

念青唐古拉山

真正的精神并不闪耀，仅仅只是
让你默然地看见
比如念青唐古拉山脊上的积雪
只是淡淡而鲜明地浮现在遥远的天际

七月仍然荒凉得很，晨风中
寒气袭人

那是在去纳木错的途中，路程太远
几乎令人绝望

藏地地广人稀
崇山峻岭
才得以横行天下

翻越

汽车从某座海拔五千多米的山口
沿着盘山公路
盘旋而下

阳光直率，但又有着薄薄的脸皮

浩瀚的山脉，我该用颓绿，还是苍灰
来描绘它的色调？

那样的倾斜度和高度，一个坚硬的词语

在路畔的冷却池中
凛冽的溪流
冲击汽车滚烫的刹车片，那接触的瞬间
不易察觉的痉挛
水流迅速离开

害怕

过某个山口时
车停了下来

太阳刺眼，但我还是冷得发抖
返回大巴时，一个人说
刚才下雪了
是一个小时之前

但远远近近的山体，黝黑得
就像在生气
看不到一点雪的迹象

天空清清楚楚
没有一丝天空之外的念头
那一刻，我开始害怕

藏地诗篇

除了少量货车，便是旅游大巴。
路的两旁涌满灰黑色的山体，以及铁青色的山体。
距离遥远
牦牛都显得很小。
有时闪过一顶帐篷，很久以后
又闪过一个席地而坐的牧人，午后的炎热
陡峭、盘曲。

孤独也是如此，无所不在。
但又不知道它拥挤在哪儿——
这个时候我也相信轮回，期待更好的明日。

在无限的面前
我过于有限，无力与其平和地相处。
溪水含有雪的前世，落差悬殊地流淌。
所有的事物都清清楚楚，都是原来的样子

都是应该有的样子。

天地待我之态度，我无法把握，但它是正确的。
连绵的孤独，将我抛起，又缓缓放下。

纳木错

天堂一定会有入口
——那就是那根拉山口

天堂的四周一定会有连绵的山脉
它们苍劲、柔和，微微的积雪披在它们低垂的
头颅，和肩膀上

天堂的四周一定会有纯美的草地
有黑色的低首的牦牛，和渺小的帐篷
云块低而清白，其中微微灰黑的部分
落在草地上，
那一层温暖直透泥土下坦率的草根

天堂一定是蓝色的（如果蓝色分十个等级
那么它一定是最高的等级）
即使你双手将水捧起，仍然是那样含蓄、内敛的

蓝色光芒

天堂的深处什么也没有，但它就是
最简单和丰富的内容

天堂一定会很安静。那种看不见的垂直的安静
像适量的光线自蓝空而下

天堂有极少的水鸟，一直飞到你的近旁

我的肉体我带走
但灵魂我留下

在藏北的路上

公路的两边都是茫茫的苍青的颜色。

有一阵子，天边像是起了一些乌云
似乎会有一场遥远的
渺小的阵雨和闪电。

但是没有，中午的强大的酷热
在天地间解释了一切。

偶尔见到一个牧人独坐，
见到二三十点墨色的牦牛。

有限与无限交织。
沉默与沉默在视野中
不断分身
然后不断碰撞。

一个人沿着这样的公路，能否迈动双脚
向前走？
在车中，我感觉到恍惚。
单调与沉闷，使我一直像是在
没有方向地飘浮。

过于明亮的阳光分布得并不均匀。
如果这时能在我身体中
涌起我想要的语言，
那么我就会瞬间解脱。

沿拉萨河，一路向东南方向

拉萨河奔腾不息，多少雪山绵绵的胸臆。
车外，
黎明前夜色正浓。
在拉萨河的南岸，车子沿着时而猛烈弯曲的公路
逆流而上。
曙光初现的山坡上一无所有。
除了寂静中的电线杆和石头。
岸畔青稞低垂的姿势，与水流的方向惊人的一致。
涌过河底的雪水，也灌饱它们的内心。

听不到一点儿水声，只有汽车低低的强而有力的
发动机声响。
灰亮的河面，坦荡、直接，
它们把骨子里的寒意，传递给早晨的
牦牛的温和的瞳仁，和黎明中顺畅的空气。

雅鲁藏布江边

雅鲁藏布江水之急，难以想象。
时宽时窄的江滩上，
青稞一路追随着波涛的步伐——有时
也被中断。

光秃秃的青山仿佛都有着沉稳的、连绵的
藏地气息的面具。
我还没有听到的声音，
不知隐藏在哪儿，它们就像蓝光在天空中闪耀。

羊皮船，或者其他船只
没有，或者不可见。
暮色最终像一只手伸进我的内心，将我
抓住。

眺望雅鲁藏布江大峡谷入口处

没有眺望多好。

不能看透多好。

眺望了，但不能看透最好。

收割后的青稞地更漂亮。

那沉郁、浓烈的金黄色，轻松地按住自己。

而白亮亮的尼洋河，适时地汇入雅鲁藏布江。

我说的是张力强大的醉人的暮色

将雅鲁藏布江大峡谷入口处浓浓地堵住。

我摸了摸它，

它已经挤到了车窗外

与我隔着一层玻璃。

我所体验到的，我内心中的奔涌和神秘。

喜马拉雅山下，眺望喜马拉雅

郁郁的笔直的冷杉，也许是云杉
它们脚下激进的溪流
谷底大大小小石头不断，因此
浪花与漩涡也清脆、激越，连绵不断

眺望喜马拉雅山脉，黑黑的山体上
仿佛插满云气缭绕的旗帜
我只看到它的一部分，不知它从哪儿来，又向
何处奔腾而去

稳重、耀眼的天空，正好与它
苍茫的身躯扣合得严丝合缝。
没有谁能有更广阔的视野、更纵深的视野——只有神
才能得窥它的全貌

我的附近，一匹毛色棕黄的马

饮水回来，重新低首走到草地的中间，它的脊背

多么光滑、流畅

另外几匹马，相互之间，仿佛

保持着特别美学的距离

世俗与现代生活早已溃败，毫无悬念地流失

此刻盘结在我的内心的

是这冷寂却令人激动的边陲景色

它对人之痼疾无声的治愈

清凉的药物之效，明确、强烈但又不显示其踪

路畔的简易棚子（不远处还有一些这样简易的棚子）

珞巴族姑娘在摆卖烤串

烤青稞饼、酥油茶、奶酪

云影仿佛携带着厚重的喜马拉雅

缓缓移动

喜马拉雅

一只鸟在空气中绝望地发芽。
这只鸟，永远不会有果实。

在喜马拉雅山的脚下，
它与我们相提并论，
处于同样的高度。
它用平静得可怕的眼神，注视
冷杉、我们，还有在夏日中
仍然寒冷的马匹。

还有二十公里，也许十公里。
喜马拉雅山下的激流，仿佛从
冷库中冲出。
水中的每一块石头都有不可磨灭的
锋棱。

眺望一下而已。

喜马拉雅山，永远只会贡献出雾气与黑云。

而我们回转的脚步所烙下的印迹

又将积满八月的雨水。

喜马拉雅之诗

白天眺望到的喜马拉雅

现在全变成黏稠的

黑夜

我们在一个小镇子里喝啤酒

有一块岩石

一直向下，拼命

挖掘

可它何来根部

一只鹰在空中，被灌饱太多的寂静

直直向下，摔落在

黑暗薄弱之处

离开这里的前夜

我们喝完了所有的啤酒

浓雾在深夜猛烈拍打门窗

我梦到其余的石头

都面对着苍穹

撕开自己无声的喉咙

汽车路过天台，在附近的公路旁加油站加油

我惊讶良久，不得不心生崇敬。

那些曾经的生者
得以永生。
从此生活在云端，或云端之上。
自由、蓝色和透明。
只有用最彻底的决绝的方式，
才能攀登那样的境界。

从此每一个微笑都特别的轻，但
有一种力量
仿佛在微笑的一瞬间，就可以把俯视中的山脉和巨川
随意地提到天上，跻列他们新的生活之中。
仍然是响当当的但更美的石头。
仍然是波澜无穷、万千曲折的

更美的激流。

前世中的青稞以最小的笑脸

拥挤在无声的谷仓里。

它们朴实、温厚，没有光辉就是最纯洁的光辉。

所有的心愿都化身为最朴实的心肠。

此刻世上的公路、民居

和汽车加油站

都在午后闪闪的阳光下成为温良的剪影。

人间寂静丛生，不断堆积，

但所有的寂静又如无形的波涛流去。

米拉山口

那些静静的，从云层中

几乎垂直而下的

光线，瞬间就变成了

冰凉的雨滴

几个骑行之人迅速换上了雨衣

被我们的车子丢在后边

透过车窗玻璃看出去

几座光秃秃的山

隐含着只有藏地山脉才特有的

大手笔的色彩

（山下茫茫的谷地有草，有一幢小房子）

雨滴很快变成了小雪

盘山公路坡度还算和缓

但觉得没有尽头，只有车子爬到

那个最高点，才是从山口翻越过去

几个修路工若无其事，照常在路边施工
小雪很快停止
大部分没有落到山体上
就被乌云和光线抢走
但人间的石头却因而变湿

夏日只在山的脚下，从不爬到山上
车子是一叶孤舟
在藏地神奇的天空下，孤苦
但却坚忍有力

拉萨的夏天

拉萨河那边的山冈上忽然明亮，乌云汇聚。
但雷电无声。

不久，暴雨映照那边的天空。
清脆的雨点仿佛距我有一生之遥，
能清晰地感受到它之生之灭，却无法接近。
那样的映像，揳入我的血肉。

拉萨的夏天盘旋、浓烈。
但有时它只照耀一块神刚刚走过的地方。

玛吉阿米酒吧

酒瓶在我手上慢慢转动
光线折射
那些酒客们的身影，迅速隐去
我瞬间被青稞和石头的气息围绕

我听到有人从台阶登上天台，然后
在那样的高处，星光将他们
紧紧搂住

后来有个声音贴着我的耳朵，问我
你是坐在某座雪山脚下
还是躺在某块青稞田里

接着，他将我的酒瓶拿掉

藏地之旅

大地的压迫与身体的愉悦并存。这里有
与心灵一隅高度契合的，
也有令人难以承受的。

渺小、脆弱、愚笨——然后还是渺小。
我无法把浑厚的苍穹和云团
当成镜子。
无论是在谷底，还是在高海拔的山口
旅途上，我都走不出混沌的自身。
当时我就在想，这一生多短。连怀疑
也找不到准确的突破点。

但彻底颠覆和消解了我之前积存的全部生存经验
和成为痼疾的美学体验
是那样的山脉——与天可比的雄浑的线条
和水——最纯真的底色和本质

被疲惫和兴奋折磨的，不仅仅是我手中温热的
旅行杯子。

我无力与一只一闪而过的
终生再不会相见的牦牛沟通。
这是多么大的障碍啊。
那玛尼堆、经幡，当我看不见它们的时候
它们是否还会在我飞速流逝的心灵中
留下清晰的印记？

啊，在拉萨，失眠中我把空中的星光
当作难得的轻雷。

藏地素描

蔚蓝色的云霞闪耀出刺眼的寂静
它的来路很远，并且没有明确的方向。
可能来自冈底斯山脉、喀喇昆仑山脉
也可能就来自近旁的山脉。
它的长足进步，就是牵来闪闪发亮的沉闷的薄暮。

乌乌的青稞低伏在田地里，
冥思中隐去脸庞，但
它们抑制了自动酿成酒的激动的念头。

马则不同
它们大致等同于一块块柔软的岩石
黑黑的影子绝不相互重叠，它们只遮盖
蹄下已化为月光的草地和细碎的花朵。

制碗的人，制藏靴的人

在夜晚不会停止手中的工作。

经验不能以经验为师，如果伸出手来
生活就待在身旁。

在完全天黑之前，河面最后的反光
使一只羊皮筏子显得特别斑斓、稳重，也
特别的美和孤立。

藏地：色彩

在藏地，时间的流动更加有力。

它涌荡成大块大块或热烈或冷静的色彩。

我不能一一描绘出那样的色彩。

词语多么软弱无力，只能被我咽回喉咙。

那高山隆起的色彩、滔滔江流奔逝的色彩、草地
起伏的色彩。

一只牦牛便背负起远方的雪峰。

那强烈对比的色彩。

青稞的色彩在深夜爆发，直逼星空。

虫声的色彩不仅仅缠绕在旅者脆弱的心上。

在藏地，肉体是透明的

任由各种色彩来填充。

我需要雄伟的色彩，也需要细致的色彩。

从不封闭的色彩，一直流溢到人生的天边。

在藏地，色彩也有自身的滋味，粗野、悲苦或者欣喜。
寂静是调和剂。
色彩浓之处由神居住，人居于色彩朴素之处。

藏地：云瀑

那些强烈而又生动的云瀑，连绵不断
但很快我便结识了其中的一个。

只有我能看到它所映射的高原上逼真的幻象。
似曾相识的山脉，不能断定
我是否曾经涉足。
一面湖泊，也许我曾在那儿洗过手
像雪山一样的梦，矗立在水下
或者岸上。
正在收割青稞的女子
以半透明的蓝空为巨大的镜子。
河流湍急，但把该留下的都在浪尖上留下。

但肯定有一个人，正在我内心挖掘。
她走在哪一头牦牛之侧？
或者，她的脸孔在哪一座寺庙前

曾经急促地闪现？

或者在某一处山口

她正缓缓走下？

她正抬起头，看到，也只有她才看到那块云瀑上

映射的高原上逼真的幻象

看到我，正遇到一块激流中安静的石头

石头上显现出的潮湿的花纹

很快变干。

人生茫然、阻隔，但偶有神秘的信息穿透、沟通。

藏地：星空

星星是神的虫子，自由的虫子
清冽的虫子
也是美到极致的虫子

它们用神奇之口，吃掉了我身体中
与生俱来的东西
让我变轻
让我的脚趾和脚板，更牢地抓紧大地

只有在藏地，喜马拉雅山山脚下
或雅鲁藏布江的岸畔
（那些石头奔涌，波涛坐落
在藏地，山川不为人而存在
但它们用沉默的手段所推出的一个个
渺小的生命，却如此大气、鲜活
和悲伤）

藏地的星空下，我的每一条毛细血管

都动荡不安，都是一次次狂潮

我来得太迟，却离开得太早

是什么把我永远留在了藏地

安静不是我的面具啊，安静是我真实的面目

我不开口

我知道只有那么揪心的短短几天。
在藏地，我对时间的珍惜
是城市中的几倍。
每一分、每一秒几乎都挤到我的嗓子眼里。

一生可能只有一次机会，置身于
藏地的天地之中。
那大开大阖的天地呀，巨大的云团倾斜地消逝
没有任何残渣。
那在我身中留下的，必然待住不走。
必然以沉默的力量，起伏汹涌。

我不开口，我只任我想表达的
在天地之外，眼睛无用，耳朵也同样如此。

白银

我用白银来形容一个藏地的朋友。

白银也有着汹涌而沉静的血肉，
就像她
就像雪山和大河。
白银也会被紫外线灼伤，但她的面孔
永远晴朗、温和。
她的呼吸永远有着青稞一样的清香，
而她的微笑永远会像白银一样
内敛地闪耀。

我的脚步融化在藏地的七月，匆匆的云朵和阳光啊
我难以平静下来
细致地与她结识和亲密。
那么，我遇到的人都可以归结为一个人
我知道她是那么广阔而又独特。

我不能不为白银写下颂歌。

我接受白银涌入我的身体，那清凉而又火热的元素，
骄傲而又低调的品格。

藏语课

雅鲁藏布江的波涛什么都没说，
尽管它什么都说了。

青稞也是，有人听到了她们在阳光下摇荡、交谈，
甚至也有人听到了她们在星空下低垂的梦呓。

而藏地的星空绝非别处能比，每一束
星光都直探未眠人的肺腑，
世界上再无如此深刻、清澈的语言。

而能听到雪山低语的人几乎没有。
但它确实在低语，那样的低语寂静、沉默到无。

藏地启示录

在藏地苍茫、广阔的天地之间
我反而焦灼、局促
灵魂无处安静地、随意地安放。

我看到我的灵魂是一只强烈的
黑色的牦牛
它距离我一公里远；

我看到我的灵魂是草地起伏处
一大块快速的
明亮而无解的语言，就像天漏处跌下的阳光
它距离我十公里远；

我看到我的灵魂是山峰上皑皑的不俗的积雪
它解除天和地的隔阂
生与死耀眼地交织在一起

它距离我五十公里远。

我看到我就站立在我的对面，但

无法对话和沟通。

我只能将我有能力理解的融入我的胸腔。

生命缥缈不定，

触手可及但又不可捉摸。

藏地的早晨

藏地的早晨猛烈而短暂，它有一个
由下向上展开的半透明的过程

火车有时穿行在山的饱满的阴影里，连绵起伏的山脉
那大开大阖的颜色
就像浓烈的油彩，在这夏日仍然清寒的
早晨，逼人心生寂静和苍茫。
（只有年轻的唐古拉山脉有几座山峰
身覆超凡脱尘的积雪，
我知道与之对话和交流肯定不易，
但又觉得绝对会被默然地接受）

火车有时穿行在阳光的强烈、粗粝而
源源不断的正能量之中
它以自己无声的不可阻止的行进，与天地兼容

那样的光芒和黑暗不断交错而来，奔驰的车厢里
晨光确实已将身体洗过
从皮肉到骨缝，那一缕缥缈的灵魂
其实也很坚实

藏语歌

声音绘制了一只粗朴的木碗
碗中有绵静的酒。

声音还绘制了一匹马，低首、回忆。
万条放纵而又克制的阳光
让它睁不开眼睛。

一个人的孤独不在帐篷或房子中。
声音所绘制的孤独，
来自喜马拉雅山脉
然后穿过冈底斯山脉
在念青唐古拉山脉停顿了两秒钟，
更加浓厚
像一个地壳板块，斜插入
一个人安定、苍茫的心头。

声音所绘制的比银光更清纯的雪水

在岩石上所书写的，风吹流散；

在青稞经年密密的身躯上

所书写的，如云气

迅疾消失；

在苍穹上所书写的——藏地的苍穹

透明的颜料几乎流溢下来，

它们全部被那些透明的蓝色颜料彻底淹没。

声音所绘制的远方之远，或者越来越开阔

或者越来越细，极乐的针尖

是不断被磨砺的

荒凉的疼痛。

藏地之行

孤独噬咬骨髓

疼痛重如千钧

仅仅一种或两种颜料，就堆积成

那样旷世的山脉

荒凉的疏离感，它们有自己

并不凌乱的走向

缺氧，使苍穹格外鲜蓝

山的阴影里，村庄从明亮又到寂灭

仿佛日与夜正在交替

在路上，我内心中旧日的资源越来越少

与此同时

那空虚出来的地方被迅速填充

不断丰富

牦牛

在藏地，经常看到倾斜的山坡上
钉着一群黑色的、渺小的牦牛
有时密密麻麻，有时又
稀稀疏疏
它们行动缓慢，仿佛时间已凝滞不动

阳光和雨点轮流从高空
击打它们
但它们几乎没有一点反应，唉
那么少的草，浅短地在它们的胃里冷静地
燃烧，它们的四蹄坚忍地插在
岩石之中

卷二

北纬五十度

进入内蒙古

还是农牧业过渡的地带
大地起伏的线条达到最完美的和谐

一望无际的玉米，它的绿色
可用作油画的颜料
一块一块的牧草，它的颜色会被一个画家
贪婪地珍藏在胸中
而青野中低矮的红房子，以及
少量的向日葵
已是神的手笔

有时灰云与白云汇聚
阳光从云缝中清晰地直探大地
如果不是近处的羊群
和远处的一架架风力发电机

我会怀疑这不是在微微颠荡的列车上，不是
在旷阔的人间

北方的向日葵

列车外，阳光不断向下浇灌
没有一丝风，寂静自身如风
此起彼伏，在旷野上
绿油油的玉米与高粱，一幕连接着一幕
有时夹杂着一小块的向日葵
间隔不久，又是一小块的
向日葵

列车驶过它们身边的刹那
它们突然
向铁道转过了头
我在瞬间看清了它们八月的脸孔
多么清纯的面容，眼、耳、鼻、牙齿
灿烂热烈
只有北方才有这样健康的身体

它们等待已久，像有许多个回声

一直憋在绿色的心中

毁弃

云特别的低，有时是透明的
有时浑厚

虽然我无法将它们触及
一马平川的牧草也无法将它们触及
草原上寥寥的树木
也是无法将它们触及
但天边那列黑色（有时是青色）的山
却能将它们触及

这是一个毫不封闭的时空
左右无边，荒凉与丰茂相依，谁盘算出
那寂静、闪光的一刻
谁就是中心，万物的起源

毁弃人间所有的一切

成为一件看不见的乐器

成为它的洞孔，让听不见的音乐

自由进出

向北的旅程

火车一路北上，日夜兼程

纬度越来越高

谷地间的牧草似乎正在结籽

车窗外不断闪过白桦树、樟子松等

温带特有的树种

本以为能偶尔看到骑在马上

正低头沉思的人，可

连昨夜残存的雨滴我也没能看到

显然，昨夜有一场雨

潇潇洒洒地来过

此刻，夏天正以乌云的形式

在对面的山脉上，湿意淋漓地

向我张望

我争取让它准确地显现出来

而在内心中不断勾画

白桦

没有哪一个树种能这么漂亮、夺目
银色的树干像流星划过
留下的永恒的轨迹
不，应该是少女，永远挺拔的腰肢
青春比成熟更撼人心魄
细小的叶子，是毫无心事的发辫
时间只是一只蝴蝶
在它们之中一闪，照亮她们懵懂、
悲伤的另一面

在大兴安岭腹地

我隔着一层车窗玻璃

似乎也嗅到了小站周围

落叶松、樟子松、红皮云杉和蒙古栎、

白桦树等的气息

我们的火车已停下，等待另一列火车

从另一股铁轨迎面而来

站台上看不出有多少当地人

背着行囊的显然是旅行者，车站工作人员

正手执红旗和绿旗

平静地向那头瞭望

刚才我们经过的两条山岭夹得很紧

而这儿略显开阔，这个简陋的小站

仿佛是被那两条山岭从腹中

硬生生挤出的

从阿尔山到海拉尔

从大兴安岭西麓成片的松树与白桦
变成连绵起伏的
呼伦贝尔草原
是在途中看到日落的时候

靛蓝占据半个苍穹
浓黑之夜低垂
从云层与云层并不紧密的缝隙间
阳光向下直射
一把把丈量天地的清晰而耀眼的
尺子

此刻，草原一如青色油漆表面的
微微的波澜
夜色还没吞下羊群和马、牛的轮廓
它们被不同的美分割

互不张望

而我的心头还摇晃着刚才路遇的

山坡上麦子成熟的白金的颜色

其实，固执的霞光并没有消失

我看到它染红几个人的脸孔和肩头

孤独的树林沉入黑暗

北温带清寒的夜晚让我愉悦

并助长我无欲的野心

没有哪个词比广阔更能融入我

此刻的血液里

如果没有这一条公路，没有明确的方向

是否更好

鹰和草其实都是在不同的高度上漂泊

呼伦贝尔大草原

有限的天穹上风云翻卷，它们的
缝隙中
闪耀着无穷无尽的黄金
也闪耀着无穷无尽的灰烬

无穷无尽的草原，都是光影变化的创造
因为远观，我的视力不断得以新生
落后的视神经细胞
被不断清除

火车和汽车的速度，也追赶不上它的奔驰
即使有飞机，那一叶
漂泊在空中的影子
也不能捕捉全部的、细微的
明与暗的交替

海拉尔之夜

夜之浓黑，并不令人吃惊。

但我没能力把握
稀少的灯光是如何把草原公路
变成了深夜的城市。

许多景物已从我的眼前飘过
或已来到我的眼前，
但我浑然不知。
我不知已穿过夜色中的伊敏河，经过
夜色中看不见的成吉思汗雕像。

草原从四面向它围拢而来。
但更可能
草原离开它，向四周波浪般而去。

在深夜的海拉尔安顿下来。

我枉有一双耳朵，

没有听到一粒星星的低语。

——但它们肯定在继续垂落，去照耀

草原深处

熟睡中的马和羊苍凉的背脊。

在道乐都驿站

一览无余的苍穹上，几乎没有
任何晚霞飘浮。

而且，落日也不够完整。

但所有高于草地的事物，都被
强烈地染红。
比如一匹马、更多的马，
比如羊群。

再比如一个立在草原上的人，
他的肩胛和脸孔。

草原辽阔，血肉丰满、浑厚。

我的许多本不成形的念头，

都显露出了

它们清晰的骨骼。

饮水的马

一匹马饮水的样子，
不稀奇。

十匹马呢，它们挤在一起
一起低着头饮水。

我见到的大约有五十匹马，或者
是八十匹马
一起低头饮水。

还有几匹
在队伍之后，昂着头
正慌张、焦急。

它们都有着棕色的身子，令人
一眼难忘。

车停扎赉诺尔

夏天从没有这么温和，真的到了
北温带的深处

来自呼伦湖上的风极轻，但
对皮肤的触动很深
它坦坦荡荡地吹拂，与草原
和微微起伏的山丘的曲线，有着
完全相同的节律

倾斜的太阳的颜色
被它不平均地分摊到各处
我走的公路基本上回避了矿区
在一处山坡上，能见到国内最北的藏传佛教的
庙宇
多少亿吨纯蓝的空气
在向上堆积

离满洲里已经不远

在上车之前，我在一个池塘中洗了下手

所有的凉意就像水晶的光芒

扑向我的指骨

在满洲里

这高纬度的夏夜，东北亚的夏夜
寒气平地而起
首先袭击我的短袖

万籁俱寂，仿佛是草原和远方的山脉
所挤压出的万家灯火
映照出我异乡人的耳郭和胳膊
我知道有许多大陆腹地的蚊虫
正在夜空中漫游
夜色已彻底黑透，浓黑深深地
浸入广阔的北温带的泥土和岩石

霓虹灯以中文、蒙文、俄文交错地
渲染这个城市多元的繁华
有慢腾腾的人闲坐或
立于街头

也有异样面孔的人匆匆而过
我从来难以将自己定位，即使在家乡
也有过客的感觉
又一辆挂异国牌照的卡车开来
卸货、变空
明早再装货回去

白桦仍然在城市之外的黑夜中生长
铁道也在生长，看起来它一成不变
但每时每刻它都已不是原来的面貌

夏夜，满洲里

一粒粒星星少而强硬
它们不断提升自己的高度
向苍穹直顶上去

在一条山的半山腰，我们眺望整个满洲里的
灯火，及城市四周更大范围
起伏的黑暗
空旷的土地上，黑夜就该有这样的气魄

寒意随着几千万顷的草尖
跳跃，不断撞上我们夏夜中的身体
我身旁的一个人竟然对另一个人说：
"出发时怎么没想起来戴上手套。"
而另一个人说：
"晚餐时应该再多喝点白酒。"

已经是非常北的北方了，人的身影因稀少
而珍贵，只在某个特定的地点
遇到过成群的马匹，除此就是空气和土地
无休无止的纠缠
也有羊，但难以看清，在国境线附近的
铁丝网旁

那是或明或暗的灯光的积木
而不像是城市，有一双北方神性的手在
不断将它们排列，甚至搬弄

边境

夏夜竟也这么冷，清冽的黑夜毫无杂质
莽莽苍苍从大地上卷过
这时我突然想到了远方起伏在
微风中的成片的青草

在异乡而能辨别方向
这是我天生的，当然也是后天磨就
高纬度的星星铸就的迷宫，不仅使人成为瞎子
更成为一个聋子
但战栗不可能从身上解除

满洲里，酒吧

光线幽暗，但用原木做成的
每一张桌子
还是在视线里显现出来

啤酒杯冰凉的底部
压住原木上漂亮的纹理
我原先以为是远远立在吧台那边的
服务员在窃窃私语
其实是隔着好几张桌子的客人
看不清楚，也无法听清楚
甚至无法辨别酒吧中的其他客人
是中国人还是俄罗斯人
真的没有光线，仅有的一丝亮光
仿佛是在寂静中自生

在这遥远的大陆腹地

国土偏僻的一隅
即使是一小口一小口喝着又凉又苦的啤酒
也不能将我一直想理清的彻底理清
许多事理甚至还和谐地交缠在一起，像血肉中
深埋的树根

有一种疼痛的鼓点渐渐响起
但始终是轻的
那是似有若无的音乐，正流过我的双足

在中俄边境

天高云低，灰灰的云层
几乎接近一直延伸过国门的铁轨
和分开两国的铁丝网
以及铁丝网两边缓冲带里
疯长的野草
以及瞭望的岗楼
对面的山脉清晰可见，它连连绵绵
一直涌向云层飘来的那端

似乎有淡淡的冷冷的雨滴
就藏在这一片灰灰的云层里

但雨未下，高纬度的夏风
居然也饱含着这样的寒意

一列车头印有俄文字母的火车

正好过境而来，在铁轨上缓缓行进
一节节车厢上的原木
从我的视野中缓缓滑过

雨中的马

我有描绘之力
但我不去进一步描绘

那么，我改用叙述——
一群马
迎着暴雨
拖拖拉拉地奔跑

雨停了
它们也先先后后地
站住
一部分落在它们身上的雨
不断往下滴落

事情还没有结束

接下来，光线将把变淡的乌云
与马群分开

额尔古纳河

从车窗眺望到额尔古纳河

在这片草原的尽头

很近的距离

但却无法靠近，不能看见它清晰的河面

应该也有低矮的北温带的芦苇

有鱼潜游，无声地问候

水底的沙子和碎石，以及淤泥

应该也有水鸟起落

飞越国界

我最希望出现的画面是：一条小小的桦树皮船

额尔古纳河继续流淌，最终

会生长成远方的森林

生长成远方巨幅的苍穹——清清冷冷的

饱含水汽的云影

或明或暗

从我的脸上波澜不惊地划过

湿地

我已来到一个非常北的北端

夏天倾斜

它的余晖，略带寒意地倾洒在

这片宽阔的湿地上

我看到明亮的水流，弯弯曲曲，有多个支系

就像一条河流和无数条河流

还有更多的水流

藏在那些起起伏伏的茂密的植物的下面

看不见的鸟的翅膀的下面

没有哪里的水流有这样的饱满

而又不张扬

从不彻底将自己完全暴露

成片的白桦和茱萸立在山坡上

叶子，将随着夜色

再度全部张开，倾听
一条伟大河流的呼吸

回到马厩里的马匹也是如此，在深夜
它的耳朵更加广阔
仿佛宇宙中所有的呼吸的声响
都向它的耳朵里汇集

额尔古纳

寒温带的太阳游弋至中午

我看到那些蓝色的屋顶
仿佛在苍穹下飘浮
阳光的热量还是厉害的，它们洒在
静静流淌的根河里
和公路那边柔顺的山坡上

这是一个容易令人沉醉，并且容易令人
迷失自我的地方
向北似乎走到了尽头，但又
感觉永远没有尽头，踩着纬度线
忍不住继续向前
麦子已经成熟，大面积地以最美的
面目出现
牛羊与马，仍然在草原上隐藏自己

阴凉的肚腹

大地上每一种生物都是其
特有的角色
不分主次，而冷与僻的境地
更激起我浓烈的不倦的
对人生的兴趣

北纬五十度

这是我到达的最北端，东北亚的
树林、湿地
山丘像冷艳的绿色丝绸，光影
自穹隆漏下
在山坡和锦缎似的草原上，写下
梦幻的羊群、马的仿佛哀伤的眼神、
稀少的人烟

车子停在一个驿站（真的，不叫服务区
而叫驿站）
可以就餐和接点开水
一个蒙古族少女坐在门前，售卖一小瓶一小瓶
白蘑菇酱
她轻声的吆喝
令人深深感动

海拉尔河

我当然知道它弯弯曲曲发源于
大兴安岭的西麓
也知道它有力的步伐，止于呼伦湖

但我现在看到的是
海拉尔城郊，它与伊敏河相交的地方
铁路从伊敏河上跨过
而公路从它的身上跨过

水深流急，有一辆越野车
停在草地上
有人正在岸边，挥动鱼竿
夏日的傍晚平淡无奇，没有任何晚霞
在天边燃烧、蔓延

清清白白的视野，随着河水

一路铺向远方

我歌颂的是一匹马喝水的嘴、一只羊

喝水的嘴

和一头牛喝水的嘴

最靠近水边的草被风吹弯了

它纤细的身躯

尝到水的甜意和寒冷

海拉尔之晨

早晨六点钟不到，太阳
已高悬头顶
此刻，我强烈地意识到，海拉尔
不仅是呼伦贝尔草原
明晃晃的中心
也应该是世界的明晃晃的中心

我仅仅在此逗留片刻
——一夜其实也就是片刻
没有任何色彩和声响染上我的记忆
我爱的是一座城市最直接的此刻
爱的是它给我的最明了和最单纯的感受

到来和离开都非常匆忙
我仿佛已经瞭望到了干干净净的草原上
阳光与云影静静的旋涡

所有的马、牛和羊都是强烈的个体
它们的投影
或浓或淡，从不同的角度
随着地球的自转
在我的心上变换不同但又
相同的安静的重量

哈拉哈河

暮色尚轻，天空依然明亮

连绵起伏的山脉，无论山脊

还是山坡上，树木并不密集

它们只是分成一块一块，黑黑地站立

这时我才发现哈拉哈河

就像一条溪流，在公路的旁边

水草丰茂，有一股暗暗的凉意于群山

和谷地之间，想捉住我的手指

大兴安岭并不缺少水流，而且

更加清冽，哈拉哈河

有许多沙洲，处于弯弯曲曲的河道之中

冷水里的鱼类尤其敏感，能听到

由近而远的马蹄声

它们的脊背也能感受到汽车

在公路转弯时射来的灯光

那样光明、轻薄的压力，让它们
茫然无措

我只是遇见哈拉哈河的一段
这已足够，最理解它的人
往往对它不全知
一条河流的孤独，在它自身的流淌中
不断消解又不断产生
细浪环环相扣，从不表达什么

阿尔山的黄昏

如此温凉，而这温凉来自于
它头顶上北温带的苍穹

一些平房将被拆迁
它们都有着红色的温和的瓦顶
有一种气息已深入这座
中国最小的城市的骨髓
这样的一个黄昏，让我相遇，明朗
却又令人难言

火车头正在山脚下的铁轨上
缓缓前行
可能正在调度
草木寂然无声，它们的颜色和性格
已被漂亮的暮光温柔地驯服

街道宽阔、干净
有一层单薄的光影写在清晰的地上
这太像我此刻的记忆
也许可能被时间擦掉
但那样充盈地享受永在，而不可能
被谁收回

太美，令我有些心疼
又因为太美，令我不忍再来一次

月牙像一滴水，垂向中蒙边境

暮色让我总觉得有人
牵着一匹马，站在
我身旁

没想到这个地方夏天的傍晚
也这么冷
我们在密密地排队，等待上火车

黄昏还未来临时，城外的山坡上
许多列火车在一条条铁轨上
向相反的方向不断驶离

马的颜色，与暮色中山脉的颜色
一个色系
或者，静静站立的这匹马
就是从山脉后微微发亮的暮色中

挖出来的

队伍从车站门外
一直延伸到街上

月牙像一滴水，垂向
中蒙边境

蒙古马

中午的炎热垂直于草原

牧区与森林交会的地带

一片小树林

一棵樟子松的下面

十余匹马头对着头，以树干为中心

围绕成一圈

极少的树荫，落在一部分马匹的

一部分身体上

仿佛有一股凉凉的风

从我的胯骨旁吹过

北中国的星夜

我有惊人的方向感
尤其星夜

车厢中的人都已睡熟
没有谁不在微微颠荡的
梦呓里

有谁还能在深夜三点
坐在卧铺车厢走廊上的窗口边

繁星太密，几乎令人喘不过气来
它们在苍穹的深处
不得不
互相摩擦着盐巴一样的身体

不要以为林涛不会休息

深夜的大兴安岭上，所有的树木
也进入酣眠
除了自身不可抑制的生长
和凋落

没有哪一种迷惘，能随这样惊人的方向感
而来，像偷来的松针和落叶
它们不落在车身上
却都堆在我的身上

即将驶出内蒙古

晨光被藏在天空的最深处
大地上一层层的雾气，缭绕

铁道边低矮的树丛，只是影子
而一根根等距离的电线杆
随着铁轨，一路跋涉

每一根，都是那样的细弱
但是，它们让大地生动地、
朦胧地展现出来

画龙点睛的语言，往往就是
那寥寥的不可少的几笔

那是伟大的奇观

从农区到林区和牧区的推进
不是渐进的，
有时是含混的。

麦穗上闪耀的光辉，同样在
树木上闪耀
在羊群身上闪耀。

大地最讲道理
每一寸都很公平，兼容万物。

北温带

我甚至认为，北温带才是地球
最好的区域

它广阔的平原、森林
温和的光芒总是囤积于低空
像有一种语言
冷静，含蓄

鱼有漫长的睡眠
直到清晨
它还没有携带着眼睛，浮到波涛的上面

农作物也走得很慢
八月啊，大地上的夏天即将收尾
它们才交出敦厚的累累的果实

当一个鄂温克人、达斡尔人、鄂伦春人

在中午的阳光下跋涉

阳光以同样的角度

滑过他们的眉额和鼻翼

一个旅行者的孤独

一个旅行者的孤独
与草原上牧者的孤独
既有相同，又有不同

一个旅行者的孤独
与一个深山小站值班员的
孤独
既有相同，又有不同

一个旅行者的孤独
与一个渔者
与一个狩猎者（不，他们早已毁弃了猎枪）
与一个伐木者（不，他们早已放下了油锯）的孤独
既有相同，又有不同

北方的每一颗星光，只是看去近似

每一缕或清淡或磅礴的
云气
不仅外貌，就是本质上也有
很大的差距

在相近的纬度上生活的人们
尽管有差异，但却有内在生命上的
完全相同

北中国之诗

九月早晨的清凉
就像青白之盐的伤口所带来的
绵长的宁静

苍穹向大地派下了浑厚的云团
让它们去直接照耀蟋蟀、高粱与树木
——辽阔的静谧与肃穆
来自我将要再走的铁轨

内蒙古与黑龙江，大兴安岭居然妨碍了
我的毛细血管
它们脆弱，没有止住自身有限的汹涌

草神、树神，你们都好

我见到的不多的词语，都分别有

自己的叶子，和胃

东北亚的月亮

森林的颜色裹满了它全身
草原的颜色裹满了它全身
冷冽的河水的颜色
裹满了它全身

其实，它的身上
什么颜色也没有，仅仅是一种光
或清澈的灰烬

它站得很低，它向一匹马、
一个人，或一只羊的眼睛
看齐

它让一张暗绿的纸
在夜晚来临的时候渐渐展开

那是多么艰难而又明确的认识

草原上的星星，有自己的
血肉和骨骼

它们最大的成功，就是
把一匹马眼睛里的星星（也许
只是它的梦）
和一只羊眼睛里的星星（也许
只是它的梦）
和草丛里
一粒昆虫眼睛里的星星
（也许只是它的梦）
集中到一起

那是多么艰难而又
明确的认识

马骨（一）

我与睡梦中的马有过太多的
无声的对话。

现在我把秘密交付给草原上无边的黑暗。
黎明还在上苍飘浮，
还没有沉落到
起伏的人间。

深藏在肉体中的马骨，令我震惊。
它们如此刚健、完美，
从不暴露自身。

所有力量的爆发，
都源于此刻它们的轻松和闲散。

内蒙古之行

无非草原，无非森林和山脉

草地上的马群和羊群
光线永远来自它们的上方
最明亮的诠释
往往不是诠释
开放的云团，往往谨守自身没有秘密的
秘密

天幕和大地，谁是主体
总是在视觉中上演恍惚的交替

我所触及的只是对安静的时光
最小的破坏
一个旅行者消失以后
那该闭合的，再次闭合

草原（一）

我完整地体验了
那样短暂而又广阔的过程

我亲耳聆听到
倾斜的光线是如何将自身
浑厚地偷换成黑暗

什么都丢失了，唯有睡梦中
孤独的羊群
顶住了一切

我总觉得，它们紧紧地凝聚在一起
努力仰望
漂浮而过的绝望的星群

秋深至极

秋天掠过全部的草尖，万里枯黄。
但那时我已不在草原。

我没有目睹冰凉的空气
透过鬃毛
贴近马的每一寸肌肤。

我没有身临其境感受壮丽的孤独。
阳光显然要比天幕
窄很多，
是自上而下悬挂的静电。

是的，很久了，它都没有移动。
是的，能从草原阴暗的
这一块
眺望到遥远的明亮的那一块。

秋深至极，每一个短暂或

长久立于草原上的人，他的内心

降落下

孤独的宇宙。

北方

秋雨将凉意在山林中层层堆积
一棵棵潮湿的林木仍是
凛凛的硬汉子
连绵的山丘抬着重重的乌云直送到
远不可睹的远方

伐木者早已不在
形象却被石头记下
看，那水渍恰恰是一个伐木者在
挥舞斧子

啊，游牧者也早已不存，曾经的足迹
覆满青苔，又被凉风卷走
鹿的鸣叫永远挂在树杈上
马嘶较少，它们给了溪水

时间却一直是温暖的，像一粒火种
永远不灭地煨在心头

晾晒

我的马皮在发潮，大雨让我担忧
这是一匹意外死去的马的
马皮
我将它保存下来，昨夜的雨声中
这块卷在帐篷一隅的马皮
突然嘶叫了一声
接着涌来山林的气息、草原的气息

被淋湿的朝阳像一个双腿疼痛的人，杵在
地平线尽头，我的北方清清白白
寒意未消，没有人看到粗大的光线下
在野外，我正在吃力地晾晒
一张马皮

北方之灯

那也许是一盏灯，不太亮
在这样茫茫的北国之夜，从森林的边缘
发出光来
也可能从寒意涌动的边境的江边
或铺霜的草原发出光来

是用白桦树皮做的，也可能是用其他树皮
做的，那一簇光芒跳动着
就像燃烧的北方之北的血液

是一匹马未睡的眼睛吧，或未睡的羊、驯鹿的
眼睛，那么渺小而又辽阔

雨水没有浇灭它，荒凉的月亮升起后
渐渐向它接近

终于合为一体，进入牧民或
渔猎者的身体之中

北方之歌

不能再向北了，乌云不断降低

即将触及马的脊背

每一滴雨都又重又暗，砸向大地

草早就倒下了，它们的喉咙却没有关闭

但它们唱出的歌声，不会被任何耳朵听到

苍穹中的神啊，长得跟乌云一模一样

悲凉在弥漫

但神的心肠，永远像那稍纵即逝的微光

贯穿天地，抓住人间微细的生活

孤独的牧人帐篷

没有手，但我总觉得它在大地深处

攥紧拳头

马骨（二）

时间走走停停
尤其遇雨，更可能驻足不前

它遇到马骨，在草丛的深处
它保持完整的马的形状
像是休憩状态

而乌云无骨，它们像是天空中
最悲哀的肉

世界的尽头仿佛就在这里
光（不明）、声响（青草、虫所发出）、寒冷
在相互交换
生死确实没有界线，且完全等同

草原（二）

青草自会处理自己的命运
绵绵不绝的雨水无非将暗光黏附在
它们弯腰的身上
几万年，多少只羊、多少匹马死过
它们的灵魂密密地挤在草原中
秋雨也不能不将它们淋湿

这里，因为遥远、冷寂
生命更有嚼头
有许多钝响站立而又倒下，并且不断向远方传递
死亡的杀伤力确实有限

寂静

秋雨中我仿佛看到一个人在脱他的靴子
他总觉得靴中有水
要倒出

秋雨无限展示不绝的自身
不是给谁看
在草原和森林交界的地带，一匹蒙古马
无故地流下了热泪
然后在越来越低的乌云中慢慢消失

我发觉我越来越属意辽远的北方
寂静那么小
寂静周边的世界那么大，而且空无一物
可寂静的附近恰恰躺着无声无息的哈拉哈河
可寂静的附近恰恰躺着无声无息的额尔古纳河

陪伴

亡灵都是潮湿的，下雨的时候它们

在乌云中存在

结霜的早晨，它们在草根中存在

哦，河流中水在响，它们在涉水的牲畜的

蹄下存在

一个牧人从帐篷前疲惫地

向生之来途眺望

他完全忽视了铁壶的壶嘴冒出的蒸汽中

亡灵在忠厚地舞蹈

木车厢

那时还是敞开式的木车厢，车头冒烟
黄昏时，一列火车就像偷跑

缓慢的速度，还是扯疼了渐临的暮色
一根根电线杆比火车走得更快
大地似乎已空
把所有的空间都让给了它们
秋天反火车的方向而去，铁轨附近的浅草
仍在未衰的自我纠结里

一只只羊就挤在这昏暗的木车厢里
羊毛与空气的摩擦声
使一只只温亮的羊眼蓄满微微的惊恐

透彻

太阳一直亮得不像是太阳
一匹马好不容易让我看清楚
又消失
一只羊好不容易与我交换眼神
它又消失

草原连绵起伏，残雪仍在
寒冷不仅仅纠结泥土下的
温暖的草根

明晃晃中，我在内蒙古的大地上
看到自己的身体，那么轻和漂亮
仿佛从未来过人世

阴山

有一个神灵，就在云层的边缘
一半暗一半亮

阴山积雪很少，只在背阴之处
一群黑羊在翻山
但与灰褐的岩石完全混淆

更少的光影从高空凿下
像是在山坡上刻画
那个神灵的形象

飘忽不定的地点，神灵不断
从这儿和那儿浮现出来

但它有一个根，一直深入到

坚硬的

石头下面

卷三

西北

穿过

就在这阳光四溅的正午，一个人

骑着一匹马，缓缓地

从西宁穿过

竟然没有一个人看到他

就在我们的身边，仿佛他有隐身的本领

马的身上甚至还有雪的痕迹

青草的痕迹，而他的脸

闪烁，有陨石般的颜色

当所有的人都陷身琐碎之中

他却单刀直入

一个人一匹马，像个神

或像是神轻描淡写画下的一笔

经过达坂山，而不是乌鞘岭

另一条线路经过乌鞘岭
而不是达坂山

雨滴仿佛经过天堂的过滤，落在达坂山上
那是清爽的颜色，也是
柔媚的颜色
是青色的金子

我更愿意从乌鞘岭上翻越，烈日和寒气
让每一辆车子蜕掉一层皮
像从炼狱中拎起来
又放下去

心灵的轨迹，不仅在于海拔的高度
还在于陡峭和深渊
以及一路上不可磨平的粗粝

祁连山之雨

雨水使四周朦朦胧胧的山峰

越靠越紧

留给山间公路的空间，也越来越小

迎面小心翼翼驶来一辆卡车

没有与我们擦身而过

它缓缓转身

驶向另一条湿漉漉的岔路

雨水本身没有响声，哗啦啦的是水流

它是一条不宽的河

看起来也像是一条小溪

从车窗外闪过的房子，像是结实地焊在水边

村舍逐渐稀少

树木滴落着空寂，一副冷酷的表情

很久才见一个牧羊人，他不断向路边避让

我怀疑他的脸是一块木头刻成

有时山峰终于松开了一点

让我们的车子在浮荡中更轻松地开出去

行驶在祁连山下

祁连山更有骨骼，林木冷峻
远眺仿佛是贴在山体上连绵的苔藓

草甸上偶有散养的牛只
分散在各自最恰当的位置
山脚下的河流时窄时宽，急流冷冽地
教导着浅滩上的砾石

我匆匆目睹了一场婚礼
披红的小轿车被众人簇拥，刚开出村落

有一段公路在修路，车子开得艰难
远处峰顶云雾浓厚
而麦田如漂亮的缎子，我看到一个穿着厚衣服的
中年汉子
从河坡上向上走

坡地上那头黑色的牛不知是否为他所有

后来我又目睹了一场葬礼，因为遥远
听不到哭声，一切仿佛都在无声地进行

祁连山

祁连山的东端，郁郁葱葱
河水少而急

一颗颗雨点落在车窗玻璃上
像是透明的亡灵在弹奏
叭叭的每一个声响
都是一个生灵的枯萎和繁荣
喜悦和绝望

剥牦牛皮的人
剥羊皮的人
甚至剥树皮的人
自古以来，都是一个人
在角色与角色之间，不断转换

在这样的雨天，他应该也会放下刀子

再硬的心肠也会忧伤

旅途

雨声突然变大，茫茫地响。
那时已看不见大通河。
四野的油菜花已在衰弱之季，不够鲜明。
县城郊外，一个等车的女子
戴白头巾
完全被雨的颜色笼罩。

道路变坏，两个筑路工人（也是女的）
几乎就站在泥泞里。
另一架初步建好的高铁桥，越过她们的头顶
直插祁连山。

越来越冷，有一个中年汉子
在扁都口用简易的炉子
煨着烤红薯。
三米外，另一个汉子卖烤玉米。

他们都穿着很厚的衣服。

没有谁注意到天空这个中心。
它巨大的凝聚作用
让生活中所有的景象不至过于分散、孤独。
只有雨水是孤独的，它将连绵的祁连大草原
从自己的肩膀中缓缓抽出，
然后就停止了演奏。

向西北

雨渐小，继续行驶
越来越漂亮，到处是油菜花和麦田
青山在不远不近之处

公路渐渐起伏，两边已变成光秃秃的荒山
有时要爬过不太高的山口
又出现了草原，在宽狭不一的山脚下
羊的身上都染着不同的颜色
它们从不理会过路的汽车

有时公路夹在逼仄的两山之间
潮湿，更加阴冷

然后又变得更加广阔
田野按下少量略有野心的房子

苍穹中本来就没有积存太多的东西
但却无声地流逝得太多

岗什卡雪峰

灰白的云低重，没有谁能低估
它的重力

七月的草原在自我中陷得最深
七月的连绵的麦田和油菜
完全可以杀人

又有一部分灰白的云团
呈迸溅状
像是从山顶向上喷薄而出

那七月的雪峰，似乎从不露真身
但却在暗中
咬我无处安放的
火热的手指

它从不辩白

戈壁一直是戈壁的样子
它从不辩白

远处的山全是黯淡的石头
我不敢判定，它究竟是否马鬃山
有时也能看到一点厂区

有时路边也能看到
一所孤单的房子，应该是为什么设施而用

路边树木多起来的地方，有田野
小路上有很少的沉实人影
在劳作
不一定就在高速公路上，其他的路上
也有车辆和拖拉机

荒凉有时也从大地上脱身离开

去天空中涌动

无人区

偶尔见到一辆重型货车
公路茫茫
两边的荒漠和荒山，像从外星球上移植而来
仿佛亘古面貌一直如此

连一只虫子也没有
就是砾石也早就渴死

骄阳晒碎了一切，再大的山脉
也不堪一击
荒凉如一只凶猛的狮子
横亘在我的胸中

能见到铁路，大部分时间与这边的公路平行
滚烫的铁轨，在夜晚
将落下多少星星如灰的残骸

我觉得已到了极限，勇气与耐心

承受着最大的负荷

我知道一个心硬的人是如何练成

大西北

大西北就是疏疏朗朗的连绵的山脉，压住大地
大西北就是起起伏伏的高山草甸，从未穷尽
羊只和牦牛仿佛是从天空中撒落下来的
神的手指也无力将它们一一抠走

大西北就是一根根电线杆，那样寒冷的队伍
全都面目相似，在苍穹下向前涌动

大西北就是某根草的一声痛哭，人听不见
但这声痛哭却深深地砸进身边细小的石头

河西走廊

去张掖的途中
天黑的速度令人猝不及防
但祁连山黑黑的轮廓上长时间仍有
又黄又红的亮光
固执得无法撕去

雪水在深处触及小麦的根须
它还用凉凉的风触及一匹马火热的腹部
触及一匹骆驼疲乏的驼峰
今夜这样高浓度的寂静
不能不让我产生幻觉

左边的青海，右边的内蒙古
可此刻我更爱狭长的甘肃
尽管这次司机犯了一点小小的错误
他犹豫了一下，掉头

将车向回开

但发觉还是不对

再次掉头，继续向前开

星光四碎之中，终于找准正确的方向

公路上

茫茫荒野，除了电线杆
再看不到什么

不断有加长货车无声地驶过
往酒泉、嘉峪关，或更远的新疆

云气也有点灰头土脸
直到我目睹一列火车缓慢的完整的全貌
直到我眺望到祁连山顶上断断续续的积雪
我才知道我有清醒的微凉的双目

午后的戈壁

风力发电机突然涌现
形成庞大的整齐的方队

午后的戈壁上不知从何处投下
一大块阴影
可天宇上却只有几片
越来越淡的邈远的
云迹

光秃秃的山脉终于在远方消失
也许是禁受不住这漫无边际的日光的暴晒
它们毁为了平地

风力发电机都有三只不倦的手臂
它们不断指向苍穹

荒野

所有的荒野都有一个虚构的中心
但没有人知道它是什么

对语言一无所知的人才认为
荒野多么平静和死寂

其实荒野一直在涌动，在围绕着
这个中心而舞蹈
但荒野从未匍匐于这个中心脚下，而是
离它四散而去

在瓜州公路边上

戈壁对阳光的反射，更尖锐

在公路边的凉棚下，几乎无法向四面眺望

那一块块绵密的碎石

连绵起伏，铺成茫茫的滚烫的大地

很久以后，才过来一辆重型大货车

未停，浑身裹满热量

向新疆开去

仿佛是铁一般的约定，很久才又过来一辆

重型大货车

有时反光，有时又如浓墨

我的脚底几乎生烟，但又迅速

被热风吹去

我们的车子重新启动，自此向南

四野仍在惊人地自我重复

有个东西在我的胸中缓缓转动，我知道
那是敦煌正在漫漫黄沙中漂浮

去敦煌

路过瓜州，阳光不断砸向戈壁上的
一颗颗石子
它们在疼痛，在不断地翻身

云气寡淡，根本没有任何鹰的迹象
这样火辣辣的苍穹，即使有一只
渺小的鹰
也会在茫茫的飞行中绝望而死

慢慢就会到敦煌，我在一点点蒸发
但没有让车轮停滞不前
新疆仿佛已在幻影中浮动，但它是那些
大卡车的前途
而敦煌在我的血液里
埋下了一块耀眼的磁铁

骆驼

骆驼缓缓起步

这些温良的牲畜，高昂的脖子

全身的毛干枯而纠结

每一步如此踏实，脑袋向上

迎向灼目的沙丘

然后转向另一座更加巨大的沙丘

在沙丘的半腰上成一条线向前

刺耳的阳光也掉转了过来

在逆光中，我看到前面的骆驼

湿亮而又疲乏的阴囊

大多数情况下被尾巴挡住

沙丘

沙丘的表面都很光滑，很漂亮
也有人沿着一条小径
一步步地爬了上去

我一直沿着沙丘的下面走着
（这跟骆驼的路线一样）
而没有爬上去

不知道沙子的下面多深才是石头
不知道一头骆驼
能否从那么陡的沙丘上
仰着脖子直直地
翻过去

莫高窟

从敦煌到莫高窟的路两边

都是荒漠

在我来之前，刚刚刮过一场沙尘暴

莫高窟前林木密集，这是

茫茫大漠中的奇迹

阴凉遍地

清凉的光芒来自天空中少有而

固执的云气

这每一棵笔直的树木

都是大地伸出的手臂，直指苍穹

但不是索取

它们什么也不表达

敦煌之夜

仿佛是一束束从汽车中远远近近
射出的灯光
衔起了夜色中的敦煌

已近十点钟，浅淡的赭红色的天边
一大块一大块浓墨似的晚霞
仿佛历史留下的残缺而固执的印记

一棵棵树木的轮廓非常清晰
这样半透明的夜色，视野接近浅蓝
街边有几个行走的少女
另一条街一个中年汉子骑着电动车，应该是晚归
烧烤摊和卖瓜的摊子仍未撤去

植物的气息里，我竟然听到了虫鸣
它不可能来自莫高窟或鸣沙山

只能是滴落的星光被微凉的风

揉搓成了虫鸣，正好灌进

今夜我不眠的耳朵中

莫高窟的月亮

我在半夜十二点看到的

无名沙丘上的月亮

这深陷于天空中的明亮的残骸

终于在后半夜

按照既有的轨迹，垂落到莫高窟的后面

洞窟前萧萧的树木，已是无数次转世

它们几乎笔直的向上枝杈，及叶子

触及的也是无数次变化后的天空

漫漫黄沙，从未坚守自身

它们不断在黑夜中死去，又不断在朝霞中获得重生

月亮携带的一小片阴影，像奇迹

从莫高窟的头顶划到脚底

它是一个中转站，我们经由它而抵达这里

远程

过分的荒凉也令人干呕
外星球的表面也不过如此

已经远眺到当金山口，路边如铁的荒野中
竟然停着一辆小汽车
也许车里人把它当作旅行中
一顶临时的帐篷
阳光生猛，要把每一块土都敲碎

离西藏已经不远，甘肃最偏远之处的苍穹
很快将被我忘记
我从不担心不能承受这一场磨砺

这么大的国土，阿尔金山、祁连山灰褐而又发烫
我是说那公路上倔强的大货车
从不让漫漫远程将自己淹没

烈日

从当金山过来，上了青藏高原边缘
不久又是祁连山
但它已垮塌了，只是一系列堆积的碎石
荒凉如刀，一面灼烫烫闪耀
另一面寒光闪闪

世上没有不被荒原撑破的事物
它一直延展到我的想象之外
正午的太阳如大锤子，正猛击下来
公路与铁道不远不近，仿佛一对寂寞的兄弟
很久了，只看到一趟火车向西藏而去

加油站

柴达木盆地的边缘，高速公路旁
它的后面就是荒山
隔着一大块荒漠，前面也是荒山
与外星球几乎有着相同的地貌

除了路过的货车、客车，渺无人迹

天空越来越薄，仿佛少量的几片白云
就能将它削穿
但那是上层发生的一幕，完全可以忽略
而手握加油管的员工
低着头，只忙自己手中的事

一瞬之间

阳光刺眼，风又硬又冷

虽然不是非常强烈，但足以掀掉帽子

褐黄色的山脉从未中止

它是光影的舞台

石头在默默地风化，仿佛它的粉碎

只在我看到它的一瞬之间

天地

白天一个牧羊人的孤独
不会传染到夜行的车子身上

他的孤独至少深入到石头以下
五尺
那样陡的坡，也没有多少青草
他却从不担心羊群失足摔下

夜行的车子如在苦海中爬行
天地浓厚，黑暗中不见五指
车子与人一样，它坚忍的本性也是由天地
锻造而成

德令哈

德令哈太小，无法装下
我一路带来的荒野和山脉

寂然的路灯下
一个旅行者消失了，留下清冽的空气
又一个旅行者消失了，留下的
还是清冽的空气
每一个旅行者并不以前一个旅行者为基础
各自都是全新的面目

路灯的光芒细而绵长，它们从天空中
挽回早已破碎的星星

其实，印迹从不留于天地之间
对于每一个旅行者，他们看到的都是
空白的内容

无声的力量

清晨从德令哈出发不久
就看到了铁轨
但看不到火车站

七月天空的高处像是被灌输了凉气
形成一道道简洁的云迹

公路边的田野渐渐变成旷野
没有牛羊
也像是从没有人涉足

见到另一个小火车站是很久之后了
只有一栋房子
还有跨过铁道的天桥

山脉不断向后退去，旷野无限扩大

令人不得不怀疑，一个人
即使走再远，总有一种无声的力量
很快将他抹去

韧性的精神

山脉上的云团连绵成另一条山脉
压在低低的空中

岭脊上的薄薄的积雪断断续续
竟然像是用颜料随意涂抹
寒意内敛而又四射

草甸几乎胀破我的眼眶
如此沉稳，竟然找不到任何一处
能让我迅速捕捉到的反光点

这就是我的西北，阳光从更高的云缝里
直射而下
让我瞬间颤抖
让牛羊也在伫立中瞬间颤抖

阳光以如此韧性的精神

彻底渗透进青草下深深的泥土

大野

盐湖应该还在产出
但没有见到盐业工人
还有小火车
那么窄的轨道
停在盐湖之中，应该是装盐的
这批盐可能还没晒好

大野苍茫，四面群山远远地环绕
云缝中的阳光直指公路上
稀少的汽车

水变成天上的云气，但不聚集在盐湖的上空
而是积压在远山之巅

在如镜的盐湖上行走

在折射的局限中，得以光滑而快速地
回顾浓缩的一生

青海湖

一块我从未见过的石头
沉在青海湖七月静静的水底
它可能有着麦穗青翠的颜色
也可能有着油菜花深黄的颜色
更可能与青草的颜色一致

在我见到它之前，它见过天上孤悬的月亮
听到过马嘶
甚至被一头牦牛温良的眼神抚摸过

天空多次派遣光线笔直而下
大雪和雨也多次奔波在探望它的路上

它有着敏感的耳朵
即使在蔚蓝色的湖底

它也曾倾听到积雪的山脉在高原上沉默的狂奔和
停下脚步后轻微的呼吸

青海湖，七月

汽车一直在青海湖边行驶

大片的草场或油菜花田

路边不断闪现养蜂人的小棚子

他们坐在阳光和阴影中出售蜂蜜

阳光近乎直射

电线杆的后面往往就是零零星星的村舍

再远处就是仿佛从天空中深深扎下的沉默的青山

在最接近湖边的地方，也都是青草

偶尔看到有人正眺望湖面

他们与我相同，也是一个过路的人

这样干净的空气里没有羊群也没有马匹

那时我曾产生过一点点的幻觉

似乎有一个人正在水上轻轻地行走

因为他与天空和湖水的颜色相同

所以他所有的举动我都无法看见

我承认这是我彻底的失败

战栗

应该不止一道光束
但我却抓住了其中的一道

太阳隐在薄薄的云层里
但这道光束斜贯整个湖面的上空
它是巨大的，虽并不显眼
惊人地从湖边八月的草原上掠过
穿过茫茫的远山以后
它携带着八月，和我无法继续进行的叙述

它根本不会有任何神秘的含义
甚至连准确的颜色也无从判断
可能是红色的，但更迹近白色之中
暗含着大幅的蓝色

青海湖边几乎空无一物

只有一丝嗡嗡的响声，似有若无

也许它就是这道光束发出的

夏日的湖畔公路上，我一边行驶一边战栗

在青海湖边遇到陌生人江不离

环青海湖的南边而行，到了

海晏县境内

突然遇到二十二岁的江不离

他骑着自行车，辐条闪烁

和几个神秘工种的工友一起

与我擦身而过，草甸一直铺到远方的荒山

有牧房孤独而立

但他却不认识我，荒凉与青春

集于他一身

然后，牧场便演变成了荒漠和沙丘

这样多变的地形令人惊异

但更让我惊异的是路上又突然遇到

十九岁时的江不离

他才从西宁读书回来，还是骑自行车

比二十二岁时更加瘦弱和腼腆

蔚蓝的波光迷离

青海湖是另一类学校，也许他苦苦想

打开它神秘的大门

神秘的光辉

暮色侵袭，首先填满巨大的山谷
山脚的公路曲折可辨
明明是一辆汽车在行驶中，我却清晰地
听到一声马的嘶叫

刚才山下的路边，先是遇到三个行走的人
车速太快，他们就像一闪而过的镜头
后来公路拐弯之处，车速渐慢
又遇到一个低头行走的藏族妇女
像苦行者

现在我们快到山顶，暮色从青海湖那边
源源而来，由于它们庞大的重量
现在四面八方远远近近的山顶
还积存有片片神秘的光辉

湟中，在塔尔寺附近山下仰望天空

中午阳光四射，不知它们究竟来自何处
可能来自山上，身边的山
或远一点的山
也可能来自不确定的树上
或更微小的趴在地上的草上
有凉风袭来，它精准地找到我的身体

云量很少，但始终没有消失
就像几块很硬的粗布
不断擦洗天空
没有一点水汽，它就那样渺茫地擦洗着
天空是否会被擦疼，或者擦破
这样的担心
始终戳在我的心里

那天正热

塔尔寺的二楼

四个方向的走廊上，站着的

全是动物

它们向下望着我们

那天正热，烈日穿过长空

凉气却在我的身上

回旋

仿佛我的手轻轻地

放在那些死去的牦牛和鹰的身上

而不能抽回

旅馆

早晨在旅馆中醒来，六点零九分

温度摄氏九度

太阳还没有出来

这是西宁北边一个县城

水汽凝落，窗子外边不远就是一片青稞

然后是公路，公路那边

接着又是青稞

它们只长在有限的田地里，没能

继续向身边的山上爬去

祁连山还在几十公里之外，由东南而西北

天空下只有那样冷峻的庞然大物

才能抓紧大地

并让寒气远远地辐射过来

这座小小的旅馆，仿佛就要被推倒

足够的力量

山坡上遍布稀稀疏疏的
低矮的灌木
它们被阳光砸得冒烟

我仰望上去，总觉得山坡上有一个
牧羊的老人，坐在遮不住全身的
阴影里
视野单调而重复，但看不到
任何羊只

河床浅而宽阔，遍布乏味的砾石
一线急流从河床中间
混浊地流过
但它有足够的力量，将我掏得更深

转化

盛夏带来的仍然是清凉
除了正午时分阳光如针扎般的
刺痛

第一头牛埋头吃草
（它们很稀疏，且羊在远处
而牛的数量很少）
第二头牛也是热烘烘地
埋头啃草

公路拐弯，在山岭巨大的阴影里
一头形单影只的牛
偶尔抬起了牛角
——它的眼睛看到的
应该不是我们

而是另一头空有牛皮的牛

空洞是转化后另一种更充实的内容

这里是青藏高原的边缘

我不是下雪时来到这里的，此刻
我看到七月眉目清楚
映现在完整的天空上面

在日月山附近一个藏寨里，我喝了酥油茶
还听到门外银子的响声
（从我的角度恰好看不见）
我猜应该是一匹马站在那里，零星的
油菜花旁边
它的身上驮满白银的阴影

我还听到两个藏族少女商量好，要去寨头等车
千回百转的路上，即使下雪，班车也不会误了
准确的旅程

这里是青藏高原的边缘，太阳妙手让它

与黄土高原衔接，那巨大而壮观的差异
弥散在七月无遮的热浪里

缝隙

我常常将青海、宁夏、甘肃混淆
它们应该没有什么区别

我与一个沉默的牧人面对面
阳光响了一下午
我也不知道他是哪里的
所有的牧草都一样

告别他,翻过一座山岭,天还未黑
孤独地步行半天,我已到了一个地方
白生生的阳光中
我大吃一惊
摊晒着满地的生羊皮
它们的肉体已走了,而将皮毛脱下
放在这里

就像一个梦境，我走在梦境破裂的

缝隙中间

混合的地带

那是草原和荒原混合的地带
有草，太浅，风都难以将它们揪住

但羊还是厉害的，低着头
一口咬断一根

低矮的山丘，寒冷的光芒从它的内部
微微闪耀出来，它们的样子
对天空满不在乎，或根本不屑

一个坐在地上的牧人，比他身边的碎石
高出了许多

线条单纯而杂乱，大地不容精细地描述
我从很远之处眺望到了他
向他高声招呼，但不知道那是他

最聚精会神的一刻
一只蝎子正努力要顶翻一块石头

雨夜，大西北

一只羊幻影重重
它看其他羊都是自己，也许
不止这一只羊
而是一群羊卧在一起，在这大西北的
黑夜里

雨滴不大，但都像锋利的刀锋
想将羊皮剥开

高原缓缓而下，仿佛一直还在向前走
而不能止住脚步

羊毛确实有点肮脏，那是生活正常的颜色
但羊的眼睛干净，就像无雨之夜
大西北的星空

贺兰山

一到深秋，贺兰山的石头都变成了铁
再硬的秋雨对它
也无能为力

大地有足够大的面积，能容纳下这一堆堆铁
其实贺兰山没有那样大的雄心
天空也有足够的深度，但贺兰山从未
向上去抓住
鹰的爪子

夏天的景象没有消失，而是暂时
埋到了石头里面
夏天其实比深秋也繁荣不了多少
一条已变成了一簇枯草的狼
对此感受更深

远景中有个模糊的人影慢慢地爬向山脊，这是

最盛大的人烟

那些铁块不断踢痛他的脚趾

并且不可阻挡地

进入他的身体之中

黄河

它从内蒙古流过来，更远一点，它在宁夏
有时轻声，有时又是大嗓门
每一个或小或大的浪头，都比我见多识广

在陕西省宜川县，我从盘山公路
不同的位置上回望黄河
太阳鼓励它毫无顾虑地、原生态地一路叙事
两边夏日中发烫的山脉，都是它沉实的听众

而被我一直握在手心的，是一块不大的
从黄河边上捡来的石头
粗糙，毫不美观，应该是被浪涛剔除出去的
一个不起眼的重复的细节
但却被我格外喜爱和珍惜，就像它是我所写
是我唯一的最重要的内容，不容遗漏

俯瞰黄土高原

银色的机翼，横在我的左前方
挥之不去

我得以从一万米稳定的高度
俯瞰飞机下的黄土高原
它是灰褐色的，有时又呈现出黄土的本色
由于阳光的变幻
有时又反射出浑厚的灰红色
我的视力在滑动中不断被锤炼，或者被折磨

那掉落在又深又窄缝隙中的村镇
无法捕捞
干燥的云气又稀又少，悬在离它们很远的地方

貌似单调和静止的视野深处，黄土一定正以
汹涌的生命之力

在动，在向这个世界努力挑战

如果有一棵孤零零的树木，或人——
我不敢想象他们的绝望和英勇

甘肃迅速被陕西替代，我的坐标
又清晰又茫然
对于大地，谁也无法做出准确的判断